REVANCHE

REVANCHE

PAR

A. BUREAU

PRIX : **50** CENTIMES

PARIS

IMPRIMERIE ET LIBRAIRIE ADMINISTRATIVES

(SOCIÉTÉ ANONYME — PAUL DUPONT, DIRECTEUR)

Rue Jean-Jacques-Rousseau, 41, (Hôtel des Fermes)

1872

REVANCHE

LA VOIX DU PAYS

C'est l'ineffable voix qui calme la colère
       Du peuple pauvre et mécontent,
C'est la voix qui dictait au chantre populaire
       Ces refrains que nous aimons tant;
C'est la voix dédaignant les hymmes froids et pâles,
       Qui verse du feu dans ses vers
Et prodigue à Rouget des accords assez mâles
       Pour électriser l'univers;

C'est l'immortel espoir. O terre d'Allemagne !

  Écoute ses accents vengeurs :

Sur les os des Français, épars dans la campagne,

  Sur le deuil mortel de nos cœurs,

Sur les assassinés, vieillards, enfants et femmes,

  Nos frères et sœurs, nous jurons

Une haine éternelle à leurs bourreaux infâmes,

  Et ce serment nous le tiendrons.

Depuis Zama, depuis les temps où la pensée

  Vainquit l'égoïsme brutal,

Où Rome vit Carthage à ses pieds écrasée,

  Jamais la haine, esprit fatal,

N'a mis au cœur de l'homme aussi fiévreuse attente,

  Aussi cruelle angoisse en lui,

Jamais ne s'est montrée inexorable, ardente,

  Implacable comme aujourd'hui.

Mère, j'entends des cris, je vois monter la flamme? —

  Ma fille ce sont les Prussiens.

Grave-le dans ton cœur, garde-le dans ton âme

  Ce nom maudit par tous les tiens.

Ils ont pris nos troupeaux, ils ont séché la terre,

  Il ne reste rien dans nos champs.

Au seuil de sa maison ils ont tué ton grand-père,

  Un vieillard de quatre-vingts ans.

Jette à tous les échos leur nom cent fois infâme,
Livre au souffle de tous les vents
Cet outrage éternel, et quand tu seras femme,
Fais-le cracher par tes enfants,
Cracher avec mépris comme une chose impure
A la face de ces bandits.

Un jour nous écrirons la sanglante aventure
De mil huit cent soixante-dix
Sur la terre allemande avec le sang des braves
Qui seront tombés sur le Rhin
Vainqueurs, en nous rendant libres de leurs entraves
L'Alsace et le pays lorrain.

Ces braves Allemands, pendant cinquante années,
Espions avant d'être soldats,
Ont été nos commis, nos hommes de journées,
On les voyait à chaque pas.
Ils étaient employés dans toutes nos fabriques,
Nous les avons logés, vêtus,
Ils arrivaient avec des mines faméliques,
Ils s'en allaient frais et repus,
Emportant avec eux le chiffre des fortunes,
Le plan des forts et des bastions
Cachés soigneusement dans leurs capotes brunes.
Quelquefois nous les regrettions

Ces ignobles bandits, quand ils passaient les portes
    De nos maisons en s'en allant...

Et nous les avons vus revenir en cohortes,
    Brûlant, assassinant, pillant.
Nos cités et nos bourgs sont détruits par les flammes,
    Au fond du gouffre dévorant
Le fer des assassins précipite nos femmes
    Qui nous appellent en mourant !
Ainsi notre avenir avec le foyer tombe,
    On a déshonoré nos sœurs
Et la mère et l'enfant sont dans la même tombe,
    O vengeance, soutiens nos cœurs !

Les voilà ces bourreaux, les voilà dans nos rues,
    Quêtant à nouveau des emplois !...
Nous vous reconnaissons, misérables sangsues,
    Qui, jadis, rampiez sous nos toits !
Vous trouverez au seuil de nos maisons la haine
    Qui vous chassera sans pitié,
Et même les forçats renieront à la chaine
    L'insulte de votre amitié !

RÉNOVATION

France, j'ai vu tomber les enfants de ma race
          Sous les fardeaux et les douleurs,
Je les ai vus mourir dans les déserts sans trace
          Sous le bâton des oppresseurs...
Aux époques de deuil, alors que la souffrance
          Sur tous les points de l'univers
Fait pâlir les plus forts et que, sans espérance,
          Chacun verse des pleurs amers.
Interrogez alors les familles humaines,
          Celles qui marchent sans merci,
Et vont en répandant la sueur de leurs peines
          Sur un sol ingrat et durci,
Celles dont l'avenir est toujours triste et sombre
          Au soleil le plus radieux,
Celles que dans l'exil on voit mourir sans nombre
          Loin du tombeau de leurs aïeux...
Eh bien ! Tous ces martyrs de la désespérance
          Pour qui les dieux mêmes sont sourds,
Les yeux vers l'occident, répètent toujours : France !
          Toujours France, toujours, toujours !
La Rome de César était robuste et belle,
          Mais la foi meurt dans ses débris,

Et les dieux oubliés dans la ville éternelle
    Vont immortaliser Paris.
Ta fille, ô Romulus ! aujourd'hui c'est la France,
    L'espoir des peuples d'occident,
La prêtresse qui garde, aux jours de défaillance,
    Le feu sacré, toujours ardent,
Qui, debout sur ce phare éblouissant, immense
    Dont Paris est l'ardent foyer,
Tient au vent du progrès et de l'intelligence
    Le labarum du monde entier.
C'est la foi, c'est la foi, transmise d'âge en âge,
    L'impérissable liberté.
La France était bien belle, alors que sans outrage
    Son front rayonnait de fierté...

Eh bien ! France et rayons, son céleste cortége
    Drapeau, prêtresse et piédestal
Sont aujourd'hui souillés par la main sacrilége,
    D'un Teuton féroce et brutal.

Jamais nous ne pourrons effacer de l'histoire
    Ces noms gravés en moins d'un an,
Que nos soldats vaincus maudissaient sur la Loire,
    Sedan et Metz, Metz et Sedan.
Nous vengerions en vain ces hontes ineffables
    Par tout un siècle de succès,

Elles resteraient là, taches ineffaçables,
  Sur notre vieil honneur français.
Mais ce que nous pouvons, c'est renaître à la vie
  Et grandir devant le danger,
C'est élever nos cœurs, c'est aimer la patrie
  Et nous unir pour la venger.
C'est conserver en nous la tenace pensée
  De la revanche, et tout prévoir
Et travailler toujours, sans que la main lassée
  Manque un instant à son devoir.

La paix est faite, allons! dans les champs et les villes,
  Ouvriers de tous les états,
Revenez au travail, fiers et toujours utiles,
  Enfants du peuple, hier soldats.
Allons, les fabricants! remontez vos machines,
  Donnez de la houille aux fourneaux ;
Chauffeurs, faites monter la flamme des usines,
  Forgerons, prenez vos marteaux,
Et forgez jour et nuit du fer sur les enclumes !
  Vous, moralistes et penseurs,
Prêchez-nous le devoir et saisissez vos plumes
  Pour exalter les travailleurs !
Car il faut refouler nos regrets et nos larmes,
  Donner notre or à l'étranger,

Lui donner notre Alsace et fabriquer des armes
    Pour la reprendre et nous venger.
A l'œuvre, à l'œuvre tous ensemble et sans relâche !
    Honte à celui qui renierait
Dans un pareil moment la France et comme un lâche
    Dans le repos s'endormirait !
Enfant, prends tes cahiers et tes livres d'étude
    Et grave en toi, futur conscrit,
Les leçons du passé ; l'avenir sera rude,
    Forme ton cœur et ton esprit.
Enfant, ton père est mort en défendant la France,
    Pense à lui, tu conserveras
Le culte de la haine et l'âpre souvenance
    Qui doit un jour armer ton bras !

LA GUERRE

Rayons, femmes et fleurs, printanières haleines,
 Splendeurs, amours, fécondités,
Flots des mers qui baignez les lèvres de nos plaines,
 Echos des bois, chants des cités ;
Moissons qui mûrissez au soleil de la France,
 Beaux arbres qui buvez son air,
Sources qui de ses flancs sortez en abondance,
 Fleuves qui marchez à la mer ;
Tout ce qui touche au sol, qui végète ou respire,
 Animaux des airs et des bois,
Insensibles rochers, levez-vous pour maudire,
 Pour mêler vos voix à nos voix !

Quand le jour désiré, le jour de la vengeance,
 Devant les peuples surgira
Et que, régénérés, à l'appel de la France,
 Chacun de ses fils répondra :

Présent ! Les ateliers alors comme naguère
    Seront fermés, plus de travail ;
Des fusils, des canons et des chevaux de guerre
    Avec du sang jusqu'au poitrail,
Pour y laver enfin les mortelles injures,
    Les hontes pesant sur nos fronts,
Dans ses flots répandus par autant de blessures
    Que nous avons subi d'affronts.
Nous irons délivrer l'Alsace et la Lorraine
    Et des bords reconquis du Rhin,
Marchant sur les Prussiens écrasés dans la plaine
    Nous irons encore à Berlin.
Toi que le faible craint et que la force admire,
    Géant, nous briserons tes os,
Empereur, nous prendrons ton colossal empire
    Pour le dépecer en morceaux.
Nous t'en laisserons un moins grand que les provinces
    Que nous garderons sur le Rhin,
Et tu seras petit parmi les petits princes
    Qui craignent tes canons d'airain.
Il ne restera rien de ta grandeur passée,
    Nos femmes se partageront
Les anneaux faits avec ta couronne brisée
    Et tous les peuples en riront.

Il ne faut pas chercher pour haïr l'Allemagne
    Si nos intérêts sont en jeu,

Il ne faut par chercher pour entrer en campagne
    Si nous risquons beaucoup ou peu ;
Il ne faut pas compter les chances incertaines,
    Les combats gagnés ou perdus.
Il ne faut pas compter les victimes humaines
    Le sang et les pleurs répandus ;
Il ne faut ni songer ni se laisser abattre,
    Il faut être forts et hardis,
Il faut toujours marcher, il faut toujours combattre
    Et vaincre les Prussiens maudits !
O France ! lève-toi, pareille au fleuve immense
    Qui se précipite en son cours,
Se roule sur ses bords jadis pleins d'opulence
    Et les engloutit pour toujours.
L'homme meurt, l'oiseau fuit son étreinte fatale,
    Le flot nivelle son chemin,
Il est vainqueur. Ainsi France, étreins ta rivale,
    Ainsi déborde, fleuve humain,
Ainsi marche toujours et fournis ta carrière,
    Marche avec ton ressentiment,
Sans pitié ni sursis pour ta rivale altière,
    Sans t'arrêter un seul moment !
Marche, et nous t'offrirons et nos cœurs et nos âmes,
    Et nous t'apporterons nos bras,
Et nous t'apporterons les bijoux de nos femmes
    Si tout notre or ne suffit pas !

Et nous t'apporterons, sainte et noble patrie,
Plus que nos bras, plus que notre or,
Chacun de tes enfants t'apportera sa vie,
Ce suprême et dernier trésor !

Clichy. — Imp. Paul Dupont et Cie, rue du bac-d'Asnières, 12.